詩集

熊井三郎

Kumai Saburo

ベンツ風にのって

竹林館

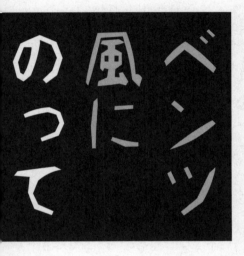

詩集　ベンツ　風にのって　目次

Ⅰ

Ⅱ

Ⅲ

Ⅳ

ベンツ　風にのって

I

うちの女房

親展

「これなんやろか」
女房殿が白い窓封筒をつまみ上げる
次女あてに来ているらしい
結婚して家を出て何年もなるのに

「開けてみよか
親が展《ひら》けと書いてあるし」
「親が展くてよう言うで
わしのときも開けとるやないか」

「あんたの時は親しく展けと書いてあるんよ
　わたし　いちばん親しいもんね」
あのね　もしもし
通信のヒミツいうてね…

眼鏡

眼鏡がないめがねがない
部屋中をさがしまわる
「どこかで見た気がする」
女房殿が言ってくれる

そやけどどこにもない
スタバやろかコメダやろか

突然女房殿が笑いだす
「なんや見えにくい思《おも》たらこれや」
「ひとの眼鏡しといて
どこかで見たはないやろ」
おれの眼鏡を手に
まだ大笑いしている

山上霊園

父上様
母上様
お久しぶりです
お元気でいらっしゃいますか

手をあわせて
墓石に語りかけていると
うしろから
　元気やったら
　あの世に行ってへんわ

あほやなあ

あの世で元気かと
聞いてるんやがな
（おれのおふざけ
おふくろやったら
わかってくれる
おやじはどうかな
あの頃　おれは
おふざけどころでは
なかったからな）

みんなも
あっちいたい　こっちいたい
いいながら
なんとか　元気にがんばって
生きていますから
ご安心ください

ハイ　次は
嫁女《よめじょ》のばんやで

あんたのうしろで
手ェあわせてた

（省エネのつもりかいな）
ホナ　又　来ます
それまでごきげんよう

鉢ヶ峰のカラスが
また墓石のてっぺんに
白いもんおとしにやってきよった
カア　と鳴いて

娘たち

娘たちと仲がいい
上の娘も　下の娘も
夫婦でよくやってくる
帰る時は
車の内と外から
何本も手が出て
握手握手でお別れだ
幼児だったころの
　あくしゅあくしゅ
　おりこうさん
朝の出勤時の習いそのままに

父の日にも　誕生日にも
プレゼントをくれる
お正月にはお年玉
もういいよと
言ってやりたいのだが

むすめふたり
若い頃に泣かせたことがある
平等に一回ずつ
悲しみにくれた長女のすすり泣き
二階に駆け上がっていった次女の号泣
心の淀みから消えることはない

血流と酸素と心臓の仲たがいで

去年は二回も入院した
服薬の数は増えるばかりだ
被相続人資格を取得する日は
そう遠くない気がする
むすめふたり
この頃　ますますやさしい

孫の手ひいて

孫に
百円玉にぎらせ
駄菓子屋に
連れていく
孫は
次つぎ指さし
私の顔を見上げる
それはアメちゃん
それはベッタン
それは……

笑みをうかべて
ふたりを見ている
店の若い
女のひと
あっ
あなたは
わたしの
お母さんではないですか
女のひとは
あいまいに
微笑んでいる
二階からは
碁を打つ音が
聞こえてくる
お父さんが

いつものように
友だちと
碁会を
やっているのだ
そしたらここは
橘小学校の
すぐ左隣の
文具と駄菓子を商う
熊井文具店
ではないですか
そして　時は
戦争が終わって二年後ぐらい
お母さん
ぼくですよ三郎ですよ
この店先で

進駐軍の
若い兵士が
菓子を鷲掴みにして
子どもたちに
ばらまいていたでは
ないですか
近所の姉さんをみつけて
追いかけていったでは
ないですか

スーパーイズミヤの
つややかなフロアーを
孫の手をひいてゆく
百円玉は

孫の掌から
とっくに落ちて
消えてしまった

いのち　永遠なれ

曾孫がいてもおかしくない歳になって
初めて孫ができることになった
知らせを聞いてかけつけてみると
娘はつわりがひどく
夏というのにクーラーもかけず
体を丸めてソファーに横たわっていた

生まれてきたのは女の子と男の子の双子
娘、ふたりの赤ちゃんに婿殿
四人がわが家に降臨することになった
明け渡す二間の片づけからはじまって

ばあちゃんもじいちゃんもてんやわんやだ

小さな口であくびする
ひょっこんする　くしゃみする
からだじゅうでのびをする
遠慮なしにオナラする

生まれ出て二か月
まだ首のすわらない五〇センチほどの体で
大人と同じことをする不思議

ソファーに寝かせてふたりの相手をしていると
この子らにわが来し方と未来に託す思いを
書き残しておきたい気分になってきた
何歳を目途に書いたものか

十歳　わたしは生きているだろうか
二十歳　まちがいなくわたしはこの世にいまい
果たしてどんな世が待ち受けているだろうか
木銃を手に匍匐前進
なんてことに
なっていなければいいが

あやしているうちにうたたねをしていたらしい
耳もとでブーンといやな羽音がした
蚊だ　蚊のやつが柔肌を刺しにきたのだ
わたしは跳ね起きた

河豚

小ぶりの河豚ばかりが上がってきた。肝心の鰺はかからなかった。筏の上にも海面にも宵闇が迫っていた。河豚はさも無念とでもいうように、グググと歯ぎしりの音を響かせるのだった。河豚を釣針から外すと必ず小刀で一刺しいれ、海に投げ入れた。河豚は顎が強くてテグスを噛み切ってしまうからだと、私の上司にあたるその人は説明した。

その人とは町外れの戸建ての四軒社宅に向かい合って住んでいた。私が大阪で結婚式を終え、南九州を回って戻ってくると、新婚夫婦のために祝宴を催してくれた。

私はその支社で係長と組合役員を兼務していた。古い社屋のトイレを男女別にせよという要求を巡って、事務所安全衛生規則を突き付けた私はその人と対立することになったが、本社が増築を認めた。

私が労働組合で二つの県の二千人の組合員を代表して中央委員をやることになったとき、その人は支部委員長を呼んで、どうしてあんな危険人物を出すんだと詰問したのだという。私にうちあけてくれた年配の支部委員長の口振りは、憤慨しているようにも後悔しているようにも見えた。


私が再び転勤でその地を去ることになったとき、その人は当時その地方で大きな公害事件を惹き起こして社会問題になっていた企業の名を挙げ、僕は潰れても仕方がないと思ってるんだとわざわざ私に言って聞かせた。私と妻は、水銀汚染のために無惨な姿で生まれた少女を、海辺の小さな板囲いの家に尋ねたことがあった。その企業は有力な取引企業の一つでもあった。

その人が定年になり、帰郷してからも年賀状のやりとりを続けていたが、ある年からぷっつり来なくなった。それからもかなりの年月が経った。

怒ると　ぷっと脹《ふく》れる
恐れると　まばたきして身を守る*

ある抒情詩人の詩を目にしたとき、あの天草の暗い海で、不運を引き当て歯ぎしりする愛嬌ものに、次々刃を当て投げ入れていた人を思い出した。東北訛りを漂わせ、九州の一角からまたどこかに流れていき、最後には故地に帰り着き、おそらく認知の境に彷徨い出て生を終えたのであろうひとりの男の生涯を――

*吉田定一詩集『記憶の中のピアニシモ』の「河豚《ふぐ》」より

表彰

永年勤続表彰をしてやるという
記念品は腕時計で
本人用、配偶者用、ペア用から選ぶ
三日の特別休暇が付いていて
有給休暇とセットで記念旅行でもと

とある日
本社から送られてきた
表彰状とフェルトのファイル
誰もいないときに細かく破いて
ゴミ箱にすてた
腕時計は家に持って帰った
私のにしてくれたのね

妻は感激して腕の時計をみつめていた

次の日曜日
家族四人、船で小さな島を訪れた
その島は昔　海軍の特攻基地だった
ハッチを閉めると二度と生還がかなわぬ
魚雷型の特殊潜航艇が陳列してあった
記念館に張り出した遺書を読んでいった
お手本があるのか
似たり寄ったりのフレーズで
自己の言葉をまだ持たぬ若者たちの
幼さがあわれだった

船着き場まで戻ってくると
あっ　時計がない

妻が腕を差し出した
近くを少しばかり探してみて
いいよいいよ、しかたないよ
私は鷹揚なところを見せた
特別休暇は結局一日もとらず流した

吉野弘は定年を待たず
石油会社を辞めたという
私もと思い描いていたのに
なんのことはない
ひとより長くなってしまった

妻は今でも思い出すことがあるらしい
悪いことしたわと
申し訳なさそうにいう

悲しい性

男はレジ台の女性にいう
　店長呼んでくれるか
あたふたと店長があらわれる
やや緊張気味である
　あんたが店長か
　この店なかなかいいねえ
店長は反応の仕方に迷っている
料理もいいし
スタッフの応対もいいよ　合格！
わたしはいい店には　いいと
伝えることにしているんだ

男は褒めているつもり
上から目線には
気がつかないのか
気にしないのか
　ありがとうございます
店長は早く奥に下がりたそうである
　名刺をくれるか
まだ言っている
また来てやるからなという含意がある

男は三十年近く
ひとの勤務評定をしたりさせたりし
毎年採用選考をして飯を食ってきた
定年後の今も人をみると
考課する癖が出てしまうのである

男の娘に男ができた
引き合わせようとつれてきたとき
男は質問を重ねながら
はっと気がついた
ああ、俺は今採用選考している
愛し信頼している娘の選択に
異議をはさむ余地も必要もないのに

つくづく
悲しい性だと思うよ
ＯＢの飲み会で
男は嘆じてみせたが
たいして悲しそうでもなかった

京の町で

杖ついて歩くんは
チョット恰好悪いけど
ええこともある
席の前に立つと
たいてい
席をゆずってくれる
あ、いや、いいよいいよ、そう
と座らせてもらう
腰痛《こしいた》にはなによりの
プレゼント
こないだも

京の紅葉見に行くバスで
女の外人さんが
ゆずってくれはった
若いひとでもなかったので
プリーズプリーズ座って
と座席指しながら
座らせてもろた
女三人組で早口でなにか
しゃべってる
英語ではない　仏語でもない
独語でもレプチャ語でもない
スパニッシュ！
やろと顔を見ると
隣の年配さんがにこっと微笑み
～セッというた

せっせっせっのセッや
スペイン！　とおまけしてくれた
もしかしてオレは語学の天才か
近頃ニコライ・ネフスキーに
かぶれているおれは
不遜な感慨にふけっていると
ニシキ　メルカード
とか何とかいうのが聞こえた
ああ　京の台所やな
国際親善チラリと頭よぎり
満員の観光客に
中ぐらいの声で投げかけた
錦市場　どこでおりたらええか
知りませんか
シンとしてる

と思ったら若い女性が
スマホつきだしこれですか
錦市場ゴジャゴジャと文字
別の女性がタブレット見ながら
烏丸高倉と叫んだ
オー　カラスマタカクーラ！
すぐ立ち上がろうとするのを
まだまだ　と制して
頭上の表示盤にらみつつ
ネキストステーション！
それいけと
手を前方に振りまくる
人かきわけ出口に急ぐ大柄三人組

はあやれやれ

そうやこの顚末
京都弁でおもろい詩や九条の詩
書いてはった
散髪屋詩人日高滋さんにちなんで
大阪弁で書いとこ
奥さんの経子さんから
遺稿詩集送られてきたんやった
夜な夜な読みついだ
生きてはるうちに
会いたかった

蝉

鳥もこない
花もさかない

そんなわたくしの庭の
たった一本の花水木の幹に
蝉がしがみついて鳴いた
じっと聞いていると
息苦しくなってきた
若くして死んだ
クリスチャンの重吉を
想い出した

蝉は幼虫のまま七年間
土中ですごし
地上に出て七日の命を
全うするのだという
誰かが研究し
皆が言うので
間違いないのだろう
蝉という生き物の　健気さ
哀れさが
そこから産まれてくる

だが　とわたくしは考えてみた
七年間も生きている虫はいるだろうか
トンボを　蝶を　見るがいい

地中の七年間だから
可哀そうなのか
それは土竜《もぐら》や蚯蚓《ミミズ》に失礼ではないか

そんなわたくしの思念をよそに
今朝　駐車場の床に
蝉の骸が転がっていた
手の平に載せてみると
一閃の風のように軽い
手と肢を固く閉じた
一個の見事なオブジェだった

とんぼ

あっ　とんぼ

室生寺の境内で
懐かしさのあまり
素っ頓狂な声を出してしまった
左右の二枚羽根を凛とのばし
オニヤンマが生け垣の葉に止まっていた
そうか　君たちは
生き延びていたんだね

子どものころ

敗戦後の昭和二十年代のことだが
大阪市内でも
水辺の空き地の上空に
オニヤンマが乱舞していた
糸を結んだ輪ゴムにしず*を噛ませ
空めがけて飛ばすと
羽根をからませ
ガチャガチャと落ちてきた

室生寺の建てられた奈良時代
とんぼは秋の虫で秋津《あきづ》と呼ばれていた
都の言葉は波紋状に伝播してゆく
中央では飛ぶ棒《とんぼう》と
かわってしまっても
辺境の地には今なお遺っている

奥羽でのアゲズ
沖縄でのアーケージュ……

わたしの思念をよそに
オニヤンマは
ついと離れると
しばらくホバリングし
ふっといなくなった

夢見る人よ
もう　うつつにお戻り
とでもいうように

＊しず＝釣り糸に咬ませる小さな鉛の錘

ＪＲ大阪環状線天満駅

詩の会の会場にと
ネットで大阪中探したら
一番安うて　駅にも近かったのが
天満駅すぐの国労大阪会館
なんでいまだに国労やと聞いてみたいけど
軽蔑されそうな気がしてよう聞かんままや
例会のたびに来るのでなじみになってしもた天満駅
大阪駅の次の駅
日本一長い商店街・天神橋筋商店街と交差している
会のあとの懇親会に〝磯村水産〟
なんでいつもこんなに混んでんねん

店員に聞くと　駅前やからでしょうねやて
あほ　もうちょっと気の利いた返し　言えんのか
いっぺんブラック企業の〝魚民〟に行ってみよか
言うてたら　なんや　潰れてしもとるがな

最近　この天満駅で
オレオレ詐欺を捕まえたおばちゃんがおる
ぼくの近所のいつもにこにこの近藤さんや
息子の名騙って　かかってきた　風邪ひいてるねんと
五輪関連株買うのに会社の金使いこんだのがばれた
金の受け渡し場所に指定されたのが　われらが天満駅
近藤さん　実はピント来てた　ほんとの息子は
いつもオレヤオレヤとかかってくるからや
騙されたふりして　警察に連絡　連係プレーで
見事構内で受け子をひっ掴まえたというわけや

それもご丁寧に　言い逃れさせんよう
これ　大事なお金やからねと言ってから御用にした

その武勇伝聞いて　知り合いの新聞記者に連絡したら
警察から発表がない　熊井さんのはなしだけでは
書けませんと言いよった　なんや
足で調べて記事書くのはテレビドラマだけの話か
それならと別の社に電話するとやっぱり同じ

ところがや（ジャジャンジャジャン）
一週間後　隣町の女性七十四歳がまったく同じ話法で
五百万　翌日また五百万　計一千万円だまし取られた
受け渡し場所まで　同じ天満駅
そらみろと毒づいても犬の遠吠え後の祭り
警察発表があったのか　今度は記事になって出ている

あほ　情けないやつらや

さてあしたは詩誌「軸」一二五号の合評会
また天満駅にお邪魔することになる
批評は批判とも非難ともちゃう
作者にも作品にも　今流行りの
リスペクトいうやつ忘れたらあかん
ひるめし　商店街のどこで喰おうかな

II

詩　二篇

父兄会

コロンブスはなにを発見しましたか
地球
と　水野さんは答えた
みんながどっと笑った

先生も
水野さんのお母さんも
困った顔をしていた

父も兄もいない父兄会

教室のうしろに
おかあさんばかり立っていた

先生もおかあさんも
教えてくれなかった

ある大陸に人が住んでいた
一四九二年　そのひとたちは
三隻の帆船と白いひとを
発見した　と

日曜画家

日曜画家を志したことがある
黄色に燃え立つ
大輪のロシアひまわりを
花瓶に活け
油絵の具を塗りたくった

次の日曜日
続きを描こうと
アトリエがわりの小部屋にいくと
頼みのモデル嬢は

しょぼくれて
色も形も変わり果てていた

ばかだね　と
先輩日曜画家がいった
最初から枯れたひまわりを
描けばいいんだよ
しぶくて
なかなかいいもんだぜ

自由と銃

さすが自由の国
銃も自由だ

じゆうとじゅう
なるほど
似ているというわけか

キャンパスで

大通りで

砂漠の戦場で

銃が自由を叫ぶと
次々人は寝転んだり
背面跳びをする

銃に
自由を叫ばせてはいけない

銃が自由をさけぶと
街にも野にも
不自由がはびこる

自由は
銃からは生まれない

出立

ばあちゃんの顔
どうして赫くなってるの
孫娘が見上げて聞く

（子どもは　遠慮がないからね
ほかの誰も聞きゃしないのにさ

婿を制して
祖母は語りかける

これはね　火傷の痕
燃えさかる火に飛び込んじまったのさ

どじだからね　ばあちゃんは
（だけど死んでも言わないよ
おまえを助けるためだったなんて

（おっかさんのことは
どこまで知ることになるんだろう

婿は別れを告げに訪れたのだ
おいで
祖母は孫をしっかと抱きしめてやる

湖上はるかにボーが鳴る
立ちつくすものに
粉雪がふりつもる

事件

男は
人を殺して
逃げた
病む妻とこどものこして

犯人は
杳としてわからなかった
ついに懸賞金は過去最高額に
と夕刻のテレビが報じた

捜査本部の電話が鳴った

犯人を知っていると男の声がいった
懸賞金　ほんとうにくれますか
私が犯人であっても

それは　と　捜査員は絶句した
捜査会議にかけてみんことにはして　ご連絡先は？

ベンツ　風にのって

震災のあと
神戸のバーに寄ったら
ママが言いよった

避難所から　いまだに
立ち退かへんひとがいてて
なかには　外車乗りまわしてるひとも
いてたりして

聞いてるうちに
わし　我慢できんで

言うたった
震災の時は
みな　助けおうたやないか
人間　捨てたもんやない
そう　思たわ
それがなんや
今では　よってたかって
弱いもんいじめしよるんか

なんや知らんけど
わし　涙声になっとった
家　失うたやつ
ようけ知ってたもんでな

お客さんにそない言うてもろたら

神戸市民としては　うれしいですわ
ママはあわてて
とりつくろいよったが

外車なんて　誰が見たいうんや
いつものことや
政治家や役人どもが
弱いもん切り捨てとうなったら
どこからか現れよるわ
ベンツ乗りまわす〝不埒なやつ〟が
世間の噂という
あやしげな風にのって

AI様のお通りだい

それがし　ある集いで司会をしておった
村上春樹のアイキュウハチヨンと言ったとたん
イチキュウハチヨンと会場から一斉にブーイング
厚顔無恥が取り柄のそれがしも
このときばかりは　ちーと恥ずかしかった

こんどはAIときたから
エーイチかと身構えていたら
エーアイということらしかった
うしろに（人工知能）とくっつくようになった
要するになんなんだと聞き耳をたてていると

自分で学習機能を備えて　とか何とか言っておる

将棋のプロ棋士の棋譜五万件を打ち込んでやると
一手一手　自分で最善の手を見つけて打つのだとか
これがまた強すぎるばっかりに
こともあろうにとあるタイトル保持者
ＡＩ将棋をカンニングしたと妄想して
強敵の挑戦相手を出場停止に追いこんでしまう不祥事勃発
かと思えばＡＩ将棋をしっかり脳に刻んだ天才中学生
最年少プロ入りで負けなしの二九連勝新記録
藤井聡太くんのことはみなさんご承知のとおり

なにが人口知能だＡＩだ
こちとらは半世紀以上も昔　ＩＢＭが
カードにパンチをあけて読み込んでいた時代から

こんぴゅー太とは長い付き合いなんだ
高速演算機能のただのバージョンアップじゃねえか

あまりのモテモテぶりにけなしてみたくなったが
いやいや　それにしてもだ
大腸のポリープから九八％の確率でガンを見つけたり
（ＡＩがそれがしのいのちを…）
無人の飛行機から爆弾を投げ落としてみたり
（やめてくれ！　ＡＩが無辜《むこ》の女やこどもを…）

そのうち　古今の詩集五万冊を入力して創作しました
抒情詩、風刺詩　なんでもござれ
史上最強のＡＩ詩集『ＡＩ様のお通りだい』
本日発売！　な～んてことも

空から人が

オフィスの大きなガラス窓の向こうに
　足が
　　体が
　　　　顔が
　　　　　　あらわれた
降ってきたのは
　　　　　人　　　　　　だった
その人の　眼が　わたしを　見た
　　　　降りかかった運命を
　　　　　　　　　　　測りかね
　困惑しているようにも

なにか訴えたそうにも
見えた
届くはずもないのに
舗道への衝撃音が
聞こえた

若者はビルの窓ガラス拭きだった
屋上から伝って降りようとしたロープは
なぜか　どこにも
結えられた跡がなかったという

課長は　そこまでしなくても　と言ったが　わたしは彼の親方に
頼んで　山手の斎場へ　連れていってもらった　近々結婚するはず
だったという女の子が　俯いて　長椅子に腰掛けていた　お腹には
彼の子が宿っているが　四国からかけつけた彼の母親は　だれの子

かわからないと言っていると　親方がやるせなさそうにつぶやいた
若い日のあまりの符合に　わたしはしばし目を瞑って耐えていた

明日　あのガラス窓を　みられるか
　あの眼を　思い出さずに　いられるか
　　だけど
　　　　わたしはわたしで
　　　子とともに
生きてゆかなければならない

ふりむくと
　港の街のひしめくビルの　すきまから
　　海
　　が

Ⅲ

マッチ売りの少女　2

幼い少女と弟は
敗戦まもない貧しい軒端を
一軒一軒戸口に立ち
歌うように訴えていた

おばちゃん
マッチィこおて
お父ちゃん死んで
おかあちゃん病気
おばちゃん
マッチィこおて

あれから
七〇年もたつというのに
きのうきょう
テレビの国会中継を見ていると
ふいに　よみがえってくる
マッチ売りの少女の声

日本をまた
戦争する国に戻そうとしている

執念に燃える人たちは
あの日の少女と弟の哀しみを
　知らない
貧困と戦争のない世界を夢見た
少年の哀しみを
　知らない

語らざりしものよ

戦争に
父は
二度行ったらしい
敗戦の直前　ひょっこり還ってきて
家族を驚かせた
それから二十六年間生き延びたが
戦争について
ひとことも語らず
この世を去っていった
今頃になって　私はふと思いつき
県庁から　兵籍簿の写しを取りよせた

父は　輜重兵《しちょうへい》だったらしい
輜重兵というのは戦場で
武器弾薬食糧を運ぶ役目だ
輜重兵だった水上勉が書いているが
お馬様の世話に明け暮れる
屈辱的な任務だったらしい
　　輜重輸卒が兵隊ならば
　蝶々とんぼも鳥の内
日露の昔から　みくびられる兵種だったのだ

父は輜重兵を恥じて　口をとざしていたのか
それとも殴られ怒鳴られの　弱兵だったのか
中国婦人を凌辱し　口封じに刺殺した
いっぱしの日本兵だったのか

敗戦間際のまさかの脱走兵だったのか
今となってはなにもわからない
ただ一つ　はっきりしているのは
父にとって　戦争は
口にするのも嫌なもの
だったと　いうことだろう

〈語らずして去っていった　父よ
　あまたのつはものたちよ〉

イラクから南スーダンから帰還した若者は
妻に子に
戦争を語っているのであろうか

十二月八日

十二月八日が近づくと
小柄なステテコ詩人を思い出す

*

一九四一年のその朝
ぼくの村の校長さんの息子Hは
攻撃総隊長として機上にあり
真珠湾頭に戦艦八隻を認めるや
僚機百八十九機に下令した
トトト　全軍突撃せよ

詩人で中央協力会議議員Tは
喚ばれて議場に待機していた
遅れてあらわれた東条総裁の奉読する
宣戦の詔勅に身ぶるいし
天皇危ふし
詩を捨てて詩を書かうと
喘いでいた

広島の三等郵便局長Sは
翌早朝　非常事態に即応するためとして
特高に踏み込まれ
シュールレアリズム詩人として
鉛筆をかませた指を
捻じりあげられ

道場で投げ飛ばされていた

*

戦争にも原爆にも生き延びたS氏を
比治山麓に訪ねたことがある
高校野球を観戦していた詩人は
ステテコ姿で現れた
闖入者が特高月報を示して尋ねた
この詩がシュールレアリズムですか
亢ぶった声がかえってきた
君は特高を知らんからだよ

これからも
十二月八日は巡ってくるだろう

流れの先頭に立ってもてはやされるか
黙々と身をゆだねるか
指を捻じあげられるか
するのだろう　これからも
詩人は

伝説

女1　「わたしが身代わりになりますきに
　　　娘は助けてつかあさい」
男1　「兵隊の奥さんを出すわけにいかん
　　　ここは若い生娘に頼むしかないと決めたんじゃ」
女2　「うちが二倍きばったらええんじゃ
　　　じゃけ妹はかんにんしてつかさい」
男2　「地獄じゃあ
　　　みんなで死んだ方がましじゃあ」
女3　隣村の開拓団は年寄り女こども
　　　一人残らず青酸カリで自決したという

男1　「なんとしても　生き延びて日本に帰ると
みんなで誓ったでねいか
わしの娘もさしだすきに
娘はきのう十六になったばっかしじゃ
こらえてくれみんな
こらえてくれ」

女3　十六歳からと決めたのは
ほかならぬ団長だった
石のような沈黙が小屋の底に沈んだ

男3　やがて
よろっとひとりの娘が立ち上がった
名指された娘らが

次々と立ち上がった………

女3　かくして生まれた一つの伝説は
故山の深い森の闇にのみこまれた

男3　只一つわかっているのは
その村の生還率が
六割にも達したということだけだ

沖縄の洞穴《がま》

ガマに入ります
まっ暗です
頭をうちます
足元は滑ります
沖縄平和委員会のＫさんがいう

軍手に懐中電灯
頭には黄色いヘルメット
地のなかへ
そろりそろりと入ってゆく

洞内一巡のあと
全員が消灯し一分間沈黙
真っ暗闇の静寂のなか
身じろぎもせず立っている

こんなところに
数百名の負傷兵が寝かされていたのか
手足をもがれた兵
気がふれて暴れる兵が
血膿と糞尿にまみれて死を待っていたのか
非常招集された女学生が
看護と死体始末に使役させられていたのか

ポトッポトッと　どこからか
水滴の落ちる音がかすかに聞こえる

傍らの妻がそっとつぶやく
亡くなった人たちがなにかを訴えているよう…

地上に這い上がると
真冬というのに
空はコバルトブルーで
白い綿雲が浮かんでいる

沖縄の真っ暗闇の穴と真っ青な空のあわいを
ぼくらのバスは走る
オスプレイの米海兵隊基地　普天間へ
座り込み三五七〇日の浜　辺野古へ

可哀想なウルスラ婆さんに

切り落とされた髪の毛が絨毯のように織られてそこにある
中原道夫「展示室」

そんなおぞましい資源を手に
誰が織ったというのだ
ナチスの兵士か
官舎に住む妻たちか
いやとてもそれはできまい
現地ポーランドの女たちか

守秘のためそれもないだろう

アウシュビッツ収容所長ルドルフ・ヘスの獄中記を読んだことがある　労役に使うユダヤ人をカポーというがガス殺した死体の運搬・焼却を彼らにさせた　あるカポーが自分の妻の死体を片付けそのあと顔色も変えず食事をしていたとヘスはさも驚嘆したように記している

おそらく
当のユダヤ人に織らせたのだ
男たちか女たちかはわからないが

戦後七十年以上もたった今年のことだ
アウシュビッツはなかった
ホロコーストはうそだと主張する

ドイツの婆さんウルスラ・ハーバーベックが
二年半の禁固刑になった
ドイツでは史実を否定し
ナチスを擁護・礼賛すれば
犯罪になるのだ

可哀想なウルスラ婆さん
日本に生まれていたらよかったね
ウルスラ・サクライとか
ウルスラ・イナダとかいって
おおもてだったろうにね

取材

ロスアラモスへ飛ぶ

ロッキングチェアを揺すっている老人を見つけだす
マンハッタン計画に携わったというじいさんだ
遠くを見るまなざしで
「原爆は
　多くの人命と文明を…」
と　きりだした
「奪った」か「破壊した」か
囲むクルーの予想を裏切って
「救ったんだ」

さりげなく言うのだった

あの世へ飛ぶ

リトルボーイを天空から放り投げた
エノラゲイ号の乗員を見つけだす
「それはじいさんの言うとおりさ」
今もマッチョな曹長は答える
「なにしろお宅のエンペラーときたら
とっくにゲームオーバーだというのに
ギブアップしねえんだからよ」

ヒロシマへ飛ぶ

口先一つで大層な賞をゲットした男を見つけだす

詫びのひとつも口にしないのに
肩を抱いたというので感謝されている
国外か県外といったこの国のボスを
冷たくあしらって野垂れ死にさせたこともある

「やりやすい国だ
おどしてもすかしても
手放すんじゃないぞ」
傍の男にささやくのをマイクが拾っていた

襲撃

老いた大尉は
眼差しを遠くの空へ向けた
インタビュアのマイクに
重い口を開いた

列車を二度機銃掃射したが
民間人は撃たなかったよ

女や子供が列車から飛び出し
土手を逃げ惑うのを見た
故郷《くに》の妹や母を思い出し

撃つ気にならなかったんだ

列車のなかに
無惨な屍が散乱し
折り重なって息絶えていたことには
触れなかった
なぜなら大尉の目に
それは映らなかったから

大統領が平和メダルをもらって
無人爆撃機の出撃が激増したという
彼はきっと人道的見地から
見せたくなかったのだろう

アフガンやイラクの女こどもの

逃げ惑い
折り重なる姿を
兵士たちの目に

安重根の思い出

広大な敷地に　独立記念館があり
高い台座の上に　安重根義士の銅像は建っていた
安重根は韓国では民族の英雄だった

観光ガイドの金さんは　中年のおばさんだが
日本語はネイティブのように巧みで
その上　言うべきことは遠慮なく　主張する
〈独島《ドクト》を日本領と言ってるのは
　世界中で日本だけでしょう
　　そうでしょう
ぼくにわかったことは

日本でも　韓国でも　国民は
政府の言うこと　マスコミの言うことを真に受け
互いに正反対のことを　思い込まされている
と　いうことだった

ぼくは金さんにふっかけてみた
〈安重根は日本では
元勲伊藤博文を暗殺したテロリスト
犯罪者ということになっているけどね
金さんはすかさず反駁した
〈アンジュングンは義兵中将で
日帝に対して義兵戦争をたたかっていたんです
テロリストではありません

ぼくはいまでは知っている

伊藤博文が韓国にどれだけひどいことをしたか
その後の日本が韓国を併合してなにをしてきたか

金さん　また議論しようよ
客を客とも思わぬあなたの物言い
また聴きたいよ

Ⅳ

メルカトル図法の世界地図

隣町のマリエさんが
ヘンなことを言いだした
北朝鮮がアメリカにミサイルを射ち放っても
日本の上空を通らないという
マリエさんは時々ヘンなことを言うので
またかと思っていると
地球儀をみればわかるという
それではとホームセンターの文具コーナーに行き
地球儀を手に取ってとっくり眺めてみた
なるほど　日本経由はひどく遠回りだ
北へ向けて発射し

アラスカ、カナダを南下してドンと行くのが最短
ぼくらは見慣れたメルカトル図法の世界地図で
錯覚していたらしい
アメリカへは東へ東へ行くものだと
そういえばウィーンに行くとき
西へ西へ飛ぶのかと思ったらぐるっと北回りで
シベリヤのヤナ川レナ川を下に見て
不思議に思ったものだが　近道だったのだろう

ひと頃　テレビのニュースやワイド番組が
テポドンだのノドンだのが
日本上空を　と騒いでいたっけ
いまやなんでもありのあのアベちゃんが
アメリカ向けのミサイルを撃ち落とすのが
集団的自衛権だと言い立てている

日本の空を飛ばなくても射ち落とすの
と　聞いてみたいけれど
特定秘密の暴露に当たる
と　怖い顔した男たちが現れそうだ
メルカトル図法には国民栄誉賞を授け
〽地図のことならメルソック
と　テレビＣＭで稼がせてやり
秘密を暴露した地球儀は
寒くて暗いところにぶち込まれ
なんてことに　なりかねない
あの戦争大好き国家に心中立てするのはモッテノホカ
なんて言ってるマリエさんなんか
いっちやばそうだよ

ぼくだってこんな詩を書いて広めたら共謀罪かな

日本の上空を●●●●と伏字にしておこうかな
そうだ　せめて「軸」一一〇号は
一読後破棄
でっかいゴム印を　捺しといてもらおうかな

拒む

〈1〉

やなこった

じゅげむ
　　醬油

　　のめ

ごこう
　　松葉

　　　いぶせ

すりきれ
　　指

おとせ
かいじゃり
山に
はしれ
嫁、母者
しら
きれ
どのみち
いのちがけ
逃げてにげて
にげおうせてやれ
平和取り戻す日まで

はしぶと
　　啼くな
ひよ
　　翔ぶな

〈2〉

じっちゃんどち
戦争おっぱじめたはええが
しっちゃかめっちゃか
敗けよらした

孫
なんばとち狂うたか

ほいなら国さあげて
もういっぺんやるべ　と
しゃしゃり出づ

したがこの孫
達者は口ばっかしで
情にゃあことに
むがしの敵さにむぎゅうて
きんだま握られて
ヒーコラ　ヘイコラ
敵はどこにゃ敵は
地球の裏でも表でも
仰せのままに
ケツサついていきますけぇ…

こげん奴ば
野放しにしておけるか
まっこつ
危のうしてかなわん

すいぎょうまつよ
　うんらいまつよ
　　ふうらいまつよ
おっ立たんか
　たからんか
　　おらばんか
ほれ
　手ごさがっちり組んで

前へ！

〈3〉

聞いたか　やぶらこうじ
聞いたとも　ぶらこうじ

〈どこつかんどるんじゃぼけ、土人が
　黙れ、こら、シナ人

やぶらこうじ　お前　いつ土人になった
ぶらこうじ　お前　いつシナ人になった

〈ネットに　誰かが　書いていた
　土人に土人と言ってなにが悪い

たしかに俺たち　土人かもしれんな
シナ人かもしれんな

（南の島の　黒ん坊
　未開で野蛮の　土人ども

機動隊の若造の投げつけた罵声は
シンゾーとヨシヒデの本音かもしれんぞ
イヤだと　いくら叫んでも
押しつけ押さえつけ押し込んでくる

（しなちゃんころ
　負けて逃げるはちゃんちゃん坊主

土人やシナ人の棲む島　ぐらいに
未開で野蛮な植民地　ぐらいに

権力の頂点の　ひた隠しの本音が
権力の末端の　口から飛びだしたのか

ヤマトンチューのみなさんに
きいてみたいよ

山田さんのこと

財布をみせなという
覗いてふーんとか言って
二枚抜きとって行ってしまう
山田さんは強いし世話にもなっているし

山田さんはふーんと言っては
三枚、四枚と抜き取ってゆく
必要なものに使ってくれるならまだしも
アメ横あたりの女に貢いでいるらしい
奥さんや翔太くんがかわいそうだ

いちど　もうやめてと言ってみたら

山田さんはすごく怖い顔をして
どうなってもいいんだなと言った
そのあとお札を破り捨てた

どうしようもないんだ
山田さんは怒ると恐ろしいし
せわにもなっているし
尻にくっついていってしまう

山田さんは
好きなように抜き取り
好きなように使う

人懐こい笑顔を浮かべて
山田さんが今日もやってくる

〝うむい〟の男

ふらりと入った
高架下の沖縄居酒屋〝うむい〟
店内いっぱいに流れる
蛇皮線にのって島唄
カウンターの前に腰をおろすと
すでに出来上がったとなりの男
盃片手に身を傾けてくる

ここのイチオシは　もずく天ぷら
次は　ゴーヤチャンプル

この泡盛の銘柄も　いけますよ
急須の形した酒器もちあげる

だけど　あなたどう思います
政府のやりかた

男は紺のスーツに　ネクタイ姿
沖縄には　仕事で何回も　行ったという
この店には　よく顔をだすらしい

沖縄には　ごうまん一点張り
アメリカには　へいこらでしょ

実は　出張のついでに　寄ってきたという

土日に合わせて　辺野古にね
あごあし日当付きみたいなもので…
ハハハと男　愉快そうに笑って
　よかったらこれも　と
差しだした小皿に
初めてまみえる島らっきょ五つ六つ

おもろ伝承者　安仁屋さんの話に
うむい（想い）が　おもろの語源とか
細身の島らっきょ　かじりながら
〝うむい〟の男の
溢れるうむい　聞いていた

慰安婦をめぐる〝お金〟

お金はもらっていない
ナヌムの家でハルモニはそう証言した
ほんとうだろうか

京大総長以上の稼ぎがあった
防衛研修所出の現代史家秦郁彦氏は主張する
ほんとうだろうか

大陸と島嶼《とうしょ》の広いひろい戦線
あまりにも様々な実態
その上長いながい月日が巡り

真相を測りがたくしている

けれども
二十年来のウオッチャー
ぼくに　これだけは
はっきり言えることがある
なにしろ明るみにでた旧日本軍の
数々の部隊の「慰安所規定」に
書き記されているのだから

料金は軍票または儲備券《ちょびけん》で支払うこと　と

占領地だけで通用した軍票
カイライ汪政権地域でだけ通用した儲備券
散歩さえ　慰安所の周辺の

図示された範囲に限られていた慰安婦たち
自由に〝お金〟が使えたとも思えない
化粧品代だ着物代だと「業者」からとられた
ともいうから　その時だけ
使えたのかもしれない〝お金〟

軍票であれ儲備券であれ
「業者」が管理していたので　そもそも
渡されたかどうかも疑わしい
だがそれもこれも　とどのつまりは
日本の敗戦とともに
ただの紙切れになってしまった〝お金〟
これらの事情を知らぬわけでもなかろうに
慰安婦は商行為を行っていたにすぎないとか
大金を稼いでいたとか言い募る

学者もどきや政治家もどき

戦後五十年もたったころ
二百万円とお詫びの手紙が
日本の「民間」と称する基金から届いたが
あくまで国家としての謝罪と賠償を求め
彼女たちは拒否した
寄る辺ない老いの身に
喉から手がでるほど欲しいはずのお金
あくまで正義と名誉の回復求め
〝怨《はん》〟を秘めたまま
ひとり　またひとり
歴史の舞台から
消えてゆくしかないのか

セクシュアル・スレイブリー*
日本軍「慰安婦」たちよ

*性奴隷(制)　国連人権委員会の定義

夢枕

どうやらマイムマイムの国にやってきたらしい
女性と少年とわたしの三人はつっ立っていた
ひげ面の若者たちがまわりに集まってきた

パレスチナの少年がきりだした
まちじゅうに爆弾が降ってきました
飛んで帰ったら家は壊れ
両親と妹は瓦礫に埋もれて死んでいました
妹はいつもぼくにくっついて遊んでいるのに
この日は食べ物のことで喧嘩をし…
少年はこらえきれず　しゃくりあげた

ずっと東の国から来ました
と　私の番だった
あなた方をひどいめに合わせたナチスドイツと組んで
世界を相手に戦争を仕掛けた野蛮な国です
アジア人を二千万人殺し
自国民も三百十万人が死にました
その反省からこの七十年間
日本は戦争で一人も殺さず
殺されたものもおりません
なぜなら憲法で
戦争はしない
陸海空軍は持たない
と　決めたからです
（ざわっと空気が動いた）

たしかに代々の保守政権はアメリカに言われて
自衛隊をつくりました
実は今も　巨大与党が改憲を叫んでいます
だが国民はきっとまた阻止して平和を守るでしょう

すばらしい若者たちの反応でしたね
あなたがたの国がやっていることは
ナチスドイツと同じではという訴えは響きましたね
ところで
と　言語フリーの女性はいたずらっぽく微笑んだ
詩は書けそうですか
あなたは締切が近づいて悩んでいたでしょう
だから夢枕に立ってあげたのですよ

二〇一七年・春

二月十一日
　橿原神宮に来てみた
二千六百何十年か昔
その日その地で
　初代の天皇神武が即位したと
信じている人、信じたい人が
集まってくる

　各地の右翼さんたちが
日の丸おっ立て
　　てんでに行進している

若い人もいる
　なぜだかうらぶれて見える
イチニイチニと儀仗を上下にふり
　　貴人役を先導してくる変な奴もいる
やがて真打登場
　ロープ囲いの中　しずしずと
　衣冠束帯装束の勅使のお目見えだ

　そんな境内の一角で
異様なものを見た
　　屈強な若者たちが格闘技を演じている
　柔道のようだが柔道ではない
　　剣道のようだが剣道ではない
銃剣道!　そう
　　木銃を両手でしっかりにぎり

ヤッと相手の胸めがけて刺突する格闘技
　どこの師団か連隊か　自衛隊が
銃剣道の奉納試合をやっていたのだ

戦場の白兵戦でしか用のない技
　戦時下の学生たちが軍事教練で
叩き込まれ　使うチャンスもないまま
野に山に海に　屍を晒すしかなかった技

二〇一七年・春
　戦争法成立から二年目
ぼくらの政権は決めたのだ
　銃剣道を中学校の体育に取りいれる
　　教育勅語を教材に用いてよい　と

老師卜占《ぼくせん》して宣《のたま》う

ん　わしに
占ってほしいじゃと
この子らの未来をな
おーおー　かわいいの
男の子と女の子の双子じゃな

広い海原が見える
巨大な船腹がのしかかってきた
超弩《ど》級の航空母艦じゃ
空には無人爆撃機
陸には核弾頭付きミサイル

町には憲兵、特高がのさばっておる
むろん国民皆兵、徴兵制実施じゃ
男女年齢関係なしのナ
この男の子はＡＩ兵士として
女の子はいろいろ使い道があるでな
年寄りは長寿福禄師団に集められ
突撃の弾丸除けじゃ

政党は大日本翼賛党ただひとつ
反対する者らは一網打尽
マスコミは政府御用達だけ

かわいそうじゃが
まあ　ざっとそんな日本になっておるの

信じられんとはどういうことじゃ
わしはオクニョより　よく当たるぞ
おかあさんヤ　あんたはまさか
あの男に入れあげてはいまいな
あの一強男の頭の中をそのまま実行すれば
近未来はこうなるしかないんじゃ
イヤか　そんな日本は
なら　よく考えてみることじゃ
このかわいい子たちのためにもな

好きよ　好き好き

好きよ寅さん　寅さん好き
好きよ金さん　金さん好き

寅さんの決めぜりふ
アメリカファースト
わたしも負けずに
アベリカファースト
イヤヨ寅さんの手をしばっちゃ
核兵器禁止条約なんて
わたし　ハンタイ
いいわよ寅さん

ウン千億ウン兆円の武器
わたし　爆買いしちゃう

片肌脱いだら
パッとミサイル吹雪の金さん
先だってはありがとう
ボンボン打ち上げてくれたので
わたし大勝しちゃった　びっくり！
コクナンなんちゃってサ
連れてったひとたち　返しちゃだめよ
ヒール役　忘れないで
わたしのお願い
アレを変えてしまうまで
またボンボン打ち上げてね

オー　わたしのいい人　頼れる人
好きよ寅さん　寅さん好き
好きよ金さん　金さん好き

＊「好きよジェロニモ　あなたが好き」は
故福中都生子さんのフレーズ

あとがき

この詩集の作品は、ここ五〜六年の間に次の詩誌に発表したものである。

「詩人会議」「詩と思想」「民主文学」「軸」

「腹の虫」「100円詩集」「鹿笛」「花音」

私があらかじめ選んだ五十五篇の中から、四人の方にそれぞれ三十篇選んでいただき、それをつきあわせて最終的に私が決めた。四人というのは大ベテランの瀬野とし、詩誌編集長の榊次郎、詩歴を重ねつつあるたなかすみえ、詩は読むが書かない読者代表前田初子の諸氏で、したがって作品選定に限っていうなら私を含めた五人の選考委員の合作ということになる。

私は常々「詩は百人おれば百通りの詩があっていいんだ」「詩はこうでなかったらだめだとか、これは詩でないとかそんなことをいう権利は誰にもない」ということを持論にしているのだが、これは詩を感受する側、つまり読者の側からも言えることであって、作品の評価、好き嫌いはそれぞれ自由であっていいわけである。

このことが奇しくも五人の選考評で示される結果になった。五人、実にばらばらだったのである。仕方がないので○△×を数値化し、得点順に採っていった。私が二重丸にしていたのが他に支持がなく没にしたのもあれば、その逆もあるというぐあいである。

私の作品はこうして並べてみるといいも悪いも多種多様、ブティックというより雑貨屋さん、今風に言えばなんでも置いてある町の100円ショップというところだろうか。もちろん私は100円ショップの大ファンである。

刊行にあたってお世話になった四名の委員のみなさん、竹林館社主の左子真由美さんはじめスタッフの皆さんにお礼申しあげます。

二〇二〇年　三月

熊井三郎

著者プロフィール

熊井三郎 （くまい・さぶろう）

所属 詩人会議（月刊「詩人会議」）
大阪詩人会議（季刊「軸」）
風刺詩ワハハの会（「腹の虫」）
関西詩人協会
日本現代詩人会
九条の会詩人の輪

主宰 100円詩集の会（季刊「100円詩集」）
個人総合誌「詩《し》ん風《ぷう》」

既刊著書 詩集『誰か いますか』（第42回壷井繁治賞）
研究誌『知られざる戦時下の抵抗詩人 階戸《しなと》義雄の生と詩』

住所 〒639-0202 奈良県北葛城郡上牧町桜ケ丘1-6-11
Email: kuma3@kcn.jp

詩集 ベンツ 風にのって

2020年4月20日 第1刷発行
著 者 熊井三郎
発 行 人 左子真由美
発 行 所 ㈱竹林館
〒530-0044 大阪市北区東天満2-9-4 千代田ビル東館7階FG
Tel 06-4801-6111 Fax 06-4801-6112
郵便振替 00980-9-44593 URL http://www.chikurinkan.co.jp
印刷・製本 モリモト印刷株式会社
〒162-0813 東京都新宿区東五軒町3-19

ISBN978-4-86000-429-3 C0092

定価はカバーに表示しています。落丁・乱丁はお取り替えいたします。